Picnic

寶玉義彦

思潮社

Picnic

寶玉義彦

思潮社

目次

装幀　思潮社装幀室

詩集『Picnic』について

寳玉義彦

木を眺める

養蚕に用いる紙製の器具で「まぶし」というものがある。菱形に折り畳まれた硬い紙枠を広げると新聞紙片面ほどの大きさで、棊盤状に小部屋が並ぶようになっており、三センチほどの厚みがある。これを軽い箱形の鉄枠の中に二十枚ほど並べて留め、糸を吐くばかりに生長した蚕を文字通り「まぶし」てゆくと、蚕は小部屋の中に入り込み、繭をつくるのである。私の家族はある時期、養蚕をしていた。やがて外国産の絹の輸入が増え、日本の養蚕の衰退とともにやめてしまったが、様々な器具だけは、しばらくの間、蚕室の中に積み上げられて、見慣れた風景になっていた。

震災後、私が拠点を構えた東京都心、青山・表参道は、今も日本のファッションの中心地として機能しており、街行く人々の服装も際立って見える。それらに混じり歩くのが、私の日常になった。

ある時、青学近くの雑貨店のショーウインドウに、にわかには信じられないものを見つけた。繭をいれる大きな木綿の通し袋が二、三、膨らんだ状態でショーウインドウに積み上げられていたのだった。思わず声をあげ、店の中に入ると、展示品の中に「まぶし」があった。菱形に折り畳まれている茶色の紙枠。広げると無数の小部屋がある。もとの風景を知らなければ、これが何なのか、見る者の想像はつくまい。私の暮らしに強い縁のある、古びた道具の鈍い光りは、私を過去に引き込むようでもあり、また、それが私への呪詛のようにも思えた。ここで同じような感覚を味わった者が他にも居るだろうか。

絹製品の重厚ながら軽やかな美しさは、養蚕者の逞しさに裏打ちされている。かれらは時に雷雨の中を、黒々と茂った桑を大きな束にして運ぶ。蚕の生長に従って排泄される膨大な量の糞尿、死んで腐り流れ落ちた蚕の骸の上に、純白の繭はある。絹を纏う人々の行き交う大通りを見上げると、蚕室の残る私の家に続く空がある。その呆気ない風景の奥底に、無数の死んだ蚕が白々と浮かんでいる。その臭気は、ひとに知らしむべくもない。

知らしむべくもない、ごく個人的な経験を、私は詩に書き留めてきた。その行為は、模型を作って眺めるようにきわめて私的な楽しみだと感じる反面、背いているときは、まるで棟方志功が自らの仕事を語ったように、神仏の命により、始めから白紙の中にあるべきかたちであるものを注意深く彫り出す命がけの仕事のようにも感じる。自由に書くというより、書いた結果が自由なのだといえる。「なぜ詩作を手離さないのか」と問われたのならば、これらはそのまま理由になる。取るに足りないことをする権利は死守する。あとは狂信か、妄信かといったところだが、私は私の信じたいものを自由に信じる。

日本のとある南の島の、原っぱの真ん中の、横なぎの嵐に耐えられるよう、セメントで固めた建物の一室で、アインシュタインと呼ばれている男が言った。今、人工知能の発達は危険な速度に達していると。コンピューターの専門家でない私は、その対岸の現象を生身の人間に見る。カメラと通信機器を備え、そこかしこで情報を記録して廻るが、言語能力は後退しているから、情報を真に主体的に利用する力はない。情報は情報に還元されるのみで、彼らの恐怖はそこから疎外されることだ。恐怖というごく単純な装置を利用して、情報は個人を単なる記号に変え、ますます情報を吸い上げる。誰から何を奪い、何を与えれば良いかを計算し続けるのは人工知能だ。人間は端末を利用するはずが、端末を運ぶ道具になりつつある。いずれ三文フィクションの如く、支配者すら機械と入れ替わるに違いない。

人とつながりを持ちたいがために詩を書けた時代は、幾分健全であったかもしれない。今や安易に人とつながる事が恐怖を呼び寄せるわけだから、詩を書くことがむしろそれを健全に遠ざけてくれるだろう。詩は決して水平方向につながらない。一見してつながりそうであっても、やはりつながらない。つながらないというよりは、つながりようがない。なぜなら、それは個人の経験から種子を得て、個人の無自覚的意識に根を張り、垂直に立ち上がった詩だからなのだ。

一篇の詩を読むということは、読んでいる間、共感の圧力から解放されるということだ。また、言葉を発する義務から、まして主張する義務からも解放されるだろう。その逆も然りだが、それは作者とも他の読者とも何ら関係がない。あなたは一人で、この本を手に取って眺める。ただ眺める、ということはなんて素晴らしいことなんだろう、と、田村隆一の詩をぼんやり眺めて、今更ながらに思う。田村隆一の死の直後から、わけも解らないまま読み始め、十五年くらい読み続けて、未だに解るということがないのにも関わらず、よろめきながら書き続け、いよいよ倒れて気を失い、白目を剝くとまぶたの裏に田村隆一の詩が浮かぶ、ということが何度もあった。それを眺めて、やっぱり眺める事しかできないということがわかると「たいしたことねえや」と立ち上がって、今日まで書き続けることができた。私は時々、田村さんの詩集の前にウイスキーを供える。震災以降、私の飲む酒は不味いが、酒自体は良い酒で、人様に差し上げるには申し分ない。共感しなくていいということは、なんて素晴らしいことなんだろう。

十七歳で詩を書き始めから十年以上経って、ようやく詩が書けるようになった、と思った頃は、私なりに思い詰めていたころで、自分という存在が、世間から虐げられざるを得ない「物」のように感じられていた。実際の社会で私が虐げられたような事実は無いし、周囲の人々も私がそんな風に感じていたとは考えもしないだろうが、その感覚は獲得されて私の中に残っている。詩も「物」であるから、自らが「それそのもの」として、自らの詩と連続している。今考えれば当たり前のことだと思うのだが、そのころはまだ戸惑いで感傷的になっていた気がする。生身の普通の人間として、ありふれた痛みや喜びや嫌悪を感じる私の後で、「物」の私は動かずにじっとしている。「物」の私は「物」だから自ら動いてはいけない。生身の私はその秩序を守るために努力する。災害時であろうが人間の本質が瞬時に変わるわけはないから、生き死にに関わる場面を生きて切り抜けながらも抑制は試され続け、まだ詩人でいる。

＊

この第一詩集に集録されている詩篇は二十九歳から三十八歳までの九年間の詩篇の中から選びました。途中、東日本大震災に見舞われ、私の経験から何篇かを切り出しましたが、作品の比重の違いから一冊の本に含めるべきかどうかを考え続けながら、またぽつりぽつりと書き足していきました。最終的にそれらをフラッシュバックのように震災以前の詩篇に織り交ぜた事で均衡が取れ、皆様の鑑賞に耐えうるものになったと自負しております。お手に取って頂きありがとうございます。どうぞ、ご鑑賞下さい。

浮揚する当事者性　（「現代詩手帖」二〇一三年五月号掲載）

地震、津波、東電の原発事故をくらって、私は福島県・南相馬市から、関東地方に避難した。三ヶ月ほど茨城県の叔母の家で過ごしたが、後に、東京・南青山のマンションの一室に転がり込んだ。といってもそれはその辺りでは最古の部類にはいる賃貸のワンルームマンションで、そこで今は妻になった音楽家と、日々相互理解のための観客無き立ち回りを演じ、夜は夜でキラー通りを周回する客待ちタクシーの絶え間ない轍の音で不眠に陥り、ウンウンと唸っていた私に、避難手記掲載の声が思潮社からかかったのが昨年の三月だった。

十七歳から詩を書き始めて、二十年くらいになる。地震、津波、東電の原発事故をくらっても、やっぱり詩を書いた。詩はテーブルの上において立ち去ることしかできないというけれど、その背後を知りたがる人が多いだろうから、私は自分の体験を手記にしておいた。手記なら特段立ち去らなくてもよかったわけだけれど、掲載のタイミングで吉本隆明さんが逝去され、追悼特集のために掲載を保留、そのまま一年ほどご無沙汰してしまった。

その一年の間に、東電の原発事故による避難指示区域の一部は、避難指示解除準備区域に再編成された。私の家は、原発から半径二十キロで囲われた、その円の端のほうにある。現在（二〇一三年四月時点）は、主として復旧目的でのみ出入りができ、生活することはできない。往来は主要道路に限られる。過去の二十キロライン付近には現在もパトカーが待機する。彼らは交代で県外から派遣される若手の警官たちで、北は北海道、南は九州まで、さまざまな県からやって来て、非常事態にある土地の警備にあたっている。

パトカーの前を通り過ぎて、同心円の奥に向かう朝の車列。一見すれば災害に見舞われる前の、ラッシュアワーの光景に見えなくもない。しかし、二十キロラインの中では、津波に遭った建物や、流され放置された自動車の処理が進まず、瓦礫やゴミの移動が可能な二十キロ圏外にはない風景が、いまも目につく。だが、血の巡りを取り戻すかのように車列は流れてゆく。それらの窓が朝陽に輝き、二十キロ圏に入る手前のコンビニエンスストアには多くの人が買い物に立寄り、ひととき、和らいだ表情を見せている。

そこでパンとコーヒーを買って、私は納屋の二階にある自室に戻る。買い物袋を投げ出し、カーテンを開けると、埃が舞い上がって、朝陽に鋭い形象を与える。ガラス窓を開けると、風景は一変したまま。海岸線は黒々とした防風林で隠されていたが、いまは剝き出しの海が光る。コンクリート製の大きな水門が、傷だらけの姿で海岸に屹立し、私の窓辺からは古代ギリシアの廃墟のように見える。

傍らに膨大な量の瓦礫置き場を抱えながら、水田の区画だけが美しく保たれている。それは農家中心の復興組合の手入れによるものだったが、本来百姓の私は作業に加わらず、南相馬と南青山を往復する、二重生活者になった。

軽トラックが走り回る農村から、新型のロールスロイスが音もなく行き過ぎる青山に来る。青山と言えば、私が子供の頃、幽霊タクシーの話を良く聞いたっけ。深夜、タクシーが青山墓地を通り抜けようとすると、白いワンピースを着た女が乗り込んでくる、しばらくして運転手が振り返ると、そこに女の姿はなく云々……という話なのだが最近はとんと聞かない。

高級家具店のショーウインドウの前を過ぎ、坂道を上ってゆくと、青山墓地。墓石が立ち並ぶ奥に一際大きな墓石のごとく、六本木ヒルズと、東京ミッドタウンのメインタワーが聳える。きょうび、ファントムやゴーストはきらきらとした巨大な墓石の地下に音もなく滑り込んで、いくら目を凝らして真っ黒な車窓を覗き込んでも、やつらの正体なんか見えやしないのだ。その挙げ句に高いところから見下ろされたんじゃあ、古典的幽霊はやってられない。

いやしくも詩を書こうというのなら、表参道のブランドショップなどには脇目もふらず、古典的幽霊に肩入れすべきところではある。お金がないから、これ幸い、肩入れされる側にとっては幸か不幸かわからないが、私は死者との食卓に居座って、ウイスキーをちびちび舐める。量がてんで足りないからなのか、詩的落下が始まる上死点までは、なかなか登り切らない。

そう書いてみて、それがあながち冗談でもないことに、私ははたと気付く。生き死にをかけた場面から脱出しようとするとき、酒を飲んでいる暇はない。東電の原発が一基二基と吹っ飛んでいる間、避難所で酒を飲む者はいなかったし、そこから避難する福島ナンバーの車が、未曾有の大行列をつくった三月十五日の国道四号線沿いのコンビニでは、ほとんどの商品が売り切れている中で、酒だけがほぼ手つかずのまま売れ残っていた。

私たちはしばしば神仏に酒を捧げ、また自らもそれを口にし、酩酊の中で慎ましく神仏と繋がりを持とうと試みる。大災害の緊張と混沌が極まる中、その渦中で酒を飲むなどという考えは全く起きなかったが、もしそんなことをすれば、宙に浮きかけている魂がそのまま肉体を離れてしまいそうな気がする。

日々の生活の中に静かに沈んでいる私たちの細部。ふとした瞬間に心が震え、それが舞い上がると、私たちははっとした後、やがて我に帰る。その過程に、無意識の内に努めてきた日々の経験が入り交じって、再びの沈殿を迎えると、僅かな底砂の厚みが出来る。酒は愛して付き合いさえすれば、絶妙な興奮と酩酊で私たちの心を揺さぶってくれるけれど、大災害によって生活をひっくり返された私には、もはや僅かな揺さぶりも自己像に対する脅威に感じられ、酒を飲もうという気がほとんど起きなくなってしまったのである。

それでも詩は書いてきたわけだから、やはり物書きにとっては内在的混沌を外側に向け押し出して行くことで、自身は沈殿に向かうことができるという特権があるのかもしれない。詩人ぶって酒の味見をしているうちに、味わいの深みにはまってしまい、詩を放り出すタイミングを見失って、しまいに酒が飲めなくなっても詩だけは書き続けている訳だから、何だか、わりに合わない気がする。

酒を飲まなくても詩が書ける、という現象は想定外のことだ。量の問題ではない。私は別に飲んべえというわけではないから、酒仙と詩人が渾然一体になっているような大家には遠く及ばないが、それにしたって、環境が一変して、それまでの楽しみがほとんど奪われ、活を入れるための儀式の酒すら飲みたくないほどの状況に陥っても、それなりに詩が生まれたということが今更ながら不思議だ。内なる詩の消費に対する抵抗感が、書いている時の私を多少は疲労させた気もするけれど、実際には何も消費されていないのかもしれない。被災による私の中の内在的混沌には、おそらく詩が生まれるための有り余る栄養分が含まれているのだろう。

そう考えると、被災後しばらくの間、およそ芸術と称されるものを生理的に受け付けなかったことも何となく腑に落ちる。酒が日々の奥に沈んでいるものを少しだけ舞い上げてくれるように、詩も芸術もそういうものであるはずだ。精神が攪拌されて光も通さないほど濁っているとき、私には少しの余分な衝撃も、災害の追体験に感じられた。私は震災後の二年間、自分では外側に向かって詩を押し出しながら嫌でも目についてしまう他者の表現は、吐き気を催す前に目の前から払い除けてきた。

逆に、私の押し出したものが、落ち着きを取り戻そうとしている人々の細部をかき立てたこともあったはずだ。人の集まるところで朗読などすれば、なおさらのことである。私には、震災を契機にした表現の多くが、速度と拡大を争い、浅ましい思考と、抑制の放棄、開き直りの連続に見えた。共感したものは何ひとつなかった。そして私もまた、他者にとってはそれらのひとつに過ぎなかっただろう。

津波が去ったあとの集落では、破壊されたある家のすぐ近くの家が、浸水すらしておらず全くの無傷だったりする状況が見られた。極僅かな高低差や、奥まりがこのような違いを生むのかもしれない。

生活の細部に加えて災害にすら細部は生じる。家屋を失った者、仕事を失った者、家族の命を失った者、状況も影響もさまざまで、それぞれの位置にそれぞれの当事者性がある。当事の対象を先の災害だとするならば、当事者性を云々することは激甚被災地にあって、もっとも困難であろう。

その中心から離れるほど、当事者という言葉の意味するものが曖昧になる。だから、震災後の表現について話し合うとき、被災の有無で当事者と、それをめぐる周辺とを分けてしまっては、目的不明の連帯を押し付けるのと同じくらい虚しいことになりかねない。もっとも、防災の観点から言えば誰もが当事者だと言って間違いないのだが。

暮らしはひどく傷つけられ、私も充分に傷を負ったが、詩を書いているときの私にとっては、震災もひとつの状況でしかない。そういう乾いた目線の中でしか、詩は生まれないと信じて歩いてきた訳だし、震災の前にも修羅場のひとつやふたつはすり抜けてきたわけだから、震災によって詩が書けなくなったりすることも、心配してみたほどでなかった。

震災直後の夏に、東京・日本橋公会堂の長唄の舞台に、短く震災のことを話しにお邪魔したことがある。それは大変に晴れやかな舞台だったが、楽屋で段取りを相談しているうちに、誰かが黙禱は必要ですかと家元に尋ねた。日本中の空気がそうしなくてはいけないような重い空気になっていた。

家元は、うん、とその意見を肚裡に落としてから言った。

「やめておきましょう、湿っぽくなっていけない」

私は家元の態度から、この上ない声援を頂いたように感じた。目眩がするほどの晴れやかな感動を覚え、濁った心の中に一条の強い光が差すのを感じた。赤い毛氈が敷かれた舞台は、いかなる感情の露出からも切り離され、自然の形式の中で磨き上げられたハレの舞台なのだ。

それを支えている無数の手。無数の手は、轟々とした沈黙を何処までも追いかけ、時が満ちるとそれを模倣し始める。そのときこそ、私たちは混沌の中に秩序を与えてくれる一条の光を見るのかもしれない。

芸術を通して共通の感覚を私たちが持てるとするのならば、大いなる沈黙を聴くことの出来る手仕事の前にたったときだ。それは日々に倦いている者の心の細部を舞い上げ、真に慰めを求めている者には、穏やかな沈殿をもたらす。詩もそう在りたい。

石垣りんさんの詩に「原町市にて」というのがある。「なんにもないから　ここはいところなんです」と、そのとき石垣さんのとなりで原町の誰かが言ったのだろう。昭和五十六年秋。私は五歳。それから三十年経って、原町市は南相馬市の一区としてその名を残しているけれど、「なんにもない」ところではなくなってしまった。

いよいよ県外に避難する、という頃、庭で荷物をまとめていたら、サーベイメーターを持った男が三人ほど入ってきた。聞けばCNNの記者だという。そのころはもう人影もまばらだったから、ディレクターは私を逃したくなかったのだろう。下手にかわそうとして不審者扱いされても困るから、結局、後ろ姿だけで首から上を映すなとか、人様の家の細部を映すなとか注文を付けながら、テレビカメラのフレームに収まった私は、貧弱な英語で、インド系らしいアメリカ人のジャーナリストと話しながら、流木と泥濘に埋もれた道を歩く羽目になった。

隣家の前まで歩いて来ると、そこの家の牛が二頭、水路にはまり込んで衰弱し、微かな声で唸っていた。牛は飼い主により水路から引き上げられたが、人のいなくなった場所で水を求めたのか、再び水路に入り、飼い主が戻ったときには死んでいたという。

私は自由なさえずりの中にではなく、あの身動きのとれない、微かな唸り声の中に、詩を見出す。そして、それは原町の詩、ということにはならない。

「しかし、希望は持っている」

今思えば滅茶苦茶な英語で、私はジャーナリストに言ってやった。

このことに暗示されたのか、私は東京で多くの友人に恵まれるに至った。

環境により、外国人の友人も増えた。写真家で、ミラノ生まれのレオナルドは、イタリアで兵役かボランティアかを選択する際にボランティアを選び、救急病院の電話待機をしている間中、ノートに詩を書き留めていたという。日本では松尾芭蕉の研究で東北を歩き回ったという彼が、なぜか私の詩に興味を持ってくれて、詩・音楽・写真・美術のチームを作ることになり、私ひとりでは製作不可能な三つの作品がうまれた。

そんな私を見て「津波っていろんなものを壊して行くのね」と福島の友人は言った。なるほど、私だって大災害のあとにこんなことをしている自分が信じられない。ぼんやりと生きるにしても、来たものをとことん引き受けるにしても、生きることは奇妙なことの連続で、私自身、私が私であるという、基本的な当事者性すら、実はよくわかっていないのかもしれない。

しかし、ふたたび災害などで命が危険に晒されれば、衝撃と浮揚感で、自身から脱け出てゆく当事者性を目の当たりにすることになるだろう。

それでも生命の危機を切り抜けられるくらいだから、当事者性の認識は、案外、当事者にとっては追いつかないところにあって、当事者の周囲が安全なところから論じる以外、方法がないもののように感じる。

だから、というわけでもないけれど、本当は、あの災害のときに感じた強烈な浮揚感の背景を細密に模写しておき、時々眺めて、悪寒を味わうために、私はあの手記を書いたとも言える。それはいつか、お目にかけたい。

Picnic

歩く

ため息の中に町があって
わたしの父は政治家だった
誰も彼も貧しかった

父の亡骸は一本の黄色いもやしになった
わたしはそれを炒めて食べた
丁寧に炒め味わって食べた
わたしの調理は完璧で

素材にも選びぬかれた完璧さがあった
ため息の中に町があって
わたしの父は政治家だった
誰も彼も貧しかった

（もう誰にも分け与えなくていい
（わたしは洗った鍋を風呂敷に包んで
（空が果てるところまで歩いた

頭上の鳥

私は夢を見ないから
小鳥になって空を飛ぶ
あるいは大きな鳥になり
小鳥の胸を引き裂くだろう
そして再び小鳥になれば
痛みに　高く　鳴くだろう

むろんそれは

小鳥になった私が感じる痛みで
小鳥が本当に感じている痛みとは
違うだろう
鳥には鳥の
魚には魚の　喜びと痛みがある

一つのイメージが余白とともに立ち上がるとき
君は美しい色彩を捨てる
睫毛が濡れ
来るべき絶頂に足を震わせ
あの海のように青い私の汚物で
君は溺れ死ぬ

そして夢を見なくなる
鳥には鳥の

魚には魚の　喜びと痛みがあることを
君は想像する
それは色彩そのもの　化粧うことなく立ち上がる
眩しい余白そのものだ

虹に噎せる人々の空と　眩しい余白との間で
君は狩をはじめる
深く鋭いターンを繰り返し
いつか君は　全てを手に入れてしまうだろう
だから
青い鳥は私の頭上でしか眠らない

愛のある食卓

朝、世界中のあらゆる食卓が
ねじれの位置にある
粒粒の牛乳と
粒粒のパン
銀河のなかを寄り添っている私達の
交じりあう孤独
あなたは結い上げた髪を
香りのない風に解いていた

私は
空中の少し濃いところ
濃いところにいるのではない
私こそが濃い
ところなのだ

鼻の奥に香ばしく焼けたパンがある
コップに注がれた牛乳がある
私は朝の糧と混じり合って
ひとつの銀河になっている
あなたがいてもいなくても
私はこの朝に流れていた
けれど今
何千光年をさまよいながら
震える濃度のまま

あなたと向かい合って過ぎている
朝の食卓

まぶしく朝刊を開くと
美しい記事も醜い記事も消えている
紙とインクだけが私とあなたになって
世界中の食卓から
美しさも醜さも消えたとき
私はくるくる渦を巻くだろう
あなたはきらきら流れもするだろう
私はパンで牛乳で貴女
あなたはパンで牛乳で私
私はパンで銀河で貴女の手
あなたは牛乳で星雲で私の歯

だけど淋しい
牛乳の銀河でパンを引きちぎり
粒粒は粒粒のまま
あなたの手になれず
あなたの歯になれず
あなたは私をあなたと思い
私はあなたを私と思う

燃える地上で
私達は錯覚する
無辺の宇宙に浮かんでいて
間合いの絶対を信じるようとするから
濃いところは変わってゆく
微笑みと呼ばれる
顔の蠢きだけで

コーヒーメーカー

本日の頭痛は、
傾斜を把握しにくい上り坂に似て、
意地悪く、　実に不快で、
僕は目覚めた瞬間、
ぼんやりとした、
恐怖に、
目を、
細め、

る、

何も予定が無い日曜日の孤独は、
例えば窓辺から差し込む、
白く乾燥した朝日に代表され、
無学な僕が朝の夢うつつに、
無言で記したレポートになった。

明るみにはられた、
神経痛の薄膜、
そのまにまに震える水槽の水音。
そうだ、罹病した魚がいるのだった。
未だ弱るでもなく、罹病して、
平然と泳いでいる魚が。
どれくらいになるだろう。

君が最後に水槽を覗き込んでから。
コーヒーメーカーが部屋に来てから。

頭痛の朝のぼんやりとした恐怖。
さらに、そのままにまに震えるのは、
コーヒーメーカーの、蒸気の音。
朝の無音をかき消すために
僕が買ってきた、
コーヒーを入れるしか能のない、
しらけた物体。
しらけた物体め、

・・・

神経痛の薄膜、
神経痛の薄膜が、
逆行させ、還してしまった、
還してしまいやがったのだ。
正常な朝への汽車を。
その蒸気を、コーヒーメーカーの、
蒸気に重ね、妄想し始める。

僕が夢の海岸で這いずり回っていた頃、
君は涼やかな目をして、
新しい男と添い寝していた。
僕は白い流木で何度も、
胸を突き刺しながら、
それでも無数のビーチグラスを集めた。

涼やかな青で一杯になった封筒を、
君のポストに入れた。
しかし君は、その向うで、
新しい男と、濃密な添い寝をしていた。
君の目と同じ色のビーチグラスが、
群れになって落下し。
ゴトリと音をたてた。
君が最後に僕に発した音だった。

・・・

だから朝が嫌いだ。
そう言ったんだ。

希望だけを透かして見せるような、

澄んだ空気。
嫌いだ。
僕を馬鹿にするのか？
僕が馬鹿だから。

コーヒーを入れるため、
だけに造られたマシーン。
横目に湯気が映っている。
何一つ変わっていない。
昨夜目を閉じた時と。
むしろ本日の頭痛により、
胸の中までが、
煮詰まったコーヒーのように、

真っ黒に塗りつぶされている。
二年前の現実の朝、
君が新しい男と濃密な添い寝をしており、
ぼくが無言で気絶した涼やかな春の日も、
今となっては、
僕と僅か二ヶ月ほどしか同居していない、
コーヒーメーカーに、
煮詰められ、真っ黒になっている。
そうだ。

こんど生まれ変わったら、
コーヒーメーカーになろう。

とっさの思いつきを、
人差し指で空中に書き留めたら、

書いた順から、消えてしまった。
僕はすでにコーヒーメーカーに、
なっているのかもしれない。

・
・
・

そうだ、
罹病した魚がいるのだった。
いるのだったな。

灰色の蝶

僕の肺の中で君はまだ
煙草の煙を吐き出している
美しく伸びている白い手足

夜の虹に憧れて
僕らは干草の匂いのする煙草を吸った
鳶色の草原を無邪気に走って
草の汁に染まった僕の膝を

君が撫でまわし
それから
酪酎の振り子が何度も
二人の中心を打って

君の額にくちづけをしたら
君は微笑んで崩れ落ちた
君の肩を強く抱いたら
空が白んだ
濡れた指で夜の虹を破って
僕は君のやわらかな草原を
固く踏み荒らしたまま
さよなら
煙草は嫌いだ　なのに
胸の底の灰皿に

また吸殻が増えてゆく
瞼が落ちる度

親しい煙は
唇から肺へ
血の巡りの中へ
夜明けの雨に
震えながらはばたこうとした
もう一匹の蝶は
勿論　死んだ

アフリカの夜明け

塩坑の中で生まれ
一度も太陽を見ることなく死んで行った者には
塩の礼拝堂
塩の女神像
塩のシャンデリア

愛の中で生まれ死ぬ者には
祈る場所も偶像も

僅かな明かりさえない
塩漬けの僕の指を吸う女は
行き場のない祈りを自らの肉に刻んだ

したたかにひとりワインを飲み
僕の車に乗り込んでくる
味の抜けたにんじんを齧りながら
薄暗い地平線と僕の顔を交互に見つめて
もっとおいしいものを欲しがっている

女の背中には悪い津波が隠されている
男のうなじには落雷と
毛髪の焦げる臭い
昏で暗い河を繋ぐ
氷点下の草原

霜の一粒が細く震えた
弱すぎた僕らの
夜明け前
やがて　象の群れが次の草場へ向かって
ふたりの細部を踏み潰していった

太陽はもうじき水平な刃物になる
幼い傷はまた　深くなるだろう
けれど君の肉に刻まれた祈りが
いつか野性に変わる朝を胸に
僕は今一人　黎明のサバンナを行く

阿武隈を振り返らず

水田地帯の皮膚を剥いでいった
原始の海の青さ
獣の眼で横たわり喉を鳴らしている
血飛沫のように
小鳥が飛び立つ

恐ろしい夕映え
耕作に不可欠な排水設備は

ポンペイからの絵葉書の様に
水門が廃墟のモニュメントになっても
僕は古代人にはなれない

赤いペンキが一際鮮やかに反射する
ハンドルは主を失い
光の中で
海辺の家々は
壊滅している

夜が来て
送電線の赤いランプがうつろに灯り
沈む濃紺の世界を
充血した眼で
見るとも無く見下ろし

その涙が彷徨うように
消防団のパトロールランプが
おろおろと
ひび割れた道路の奥の
闇に消えてゆく

皆　凍てついた表情で
東京電力福島第一原子力発電所の上空を仰ぎ
余震よりも恐ろしい何者かの震えに
成す術なく
立ち尽くすとき
僕はいつも　阿武隈山脈を見ていた
見つめても　見つめても　決して見えない
なだらかで　高い　美しさ

その背中を踏んで
僕は逃げ出した

逃れてきた地に
阿武隈はまぎれてゆく
他人のような筑波山を残し
関東平野にもぐり込む　阿武隈山脈
その背中を見に帰りたいが

帰ったところでまだ　僕の眼には見えない
僕は詩を書いて
ピアノの前に立つ
阿武隈を振り返らず
ただ　それに成るために

野良帰り

ゴム長靴の裏から一塊の土が飛ぶ
夏に茂る銀杏の木漏れ日の中を
点滅しながら飛んでいって
回転した記憶のこちら側に
砕けて落ちる

バリケードのまえに
警察官がならぶ

光の中の点描の粒
あれが私の家だ
指さすと　彼らは飛んできて何事かと訊ねる

訊きたいのはこっちのほうだ
物腰もやわらかな
南国の若い警官たち
君らを東北に呼び寄せた
この国の恙を

毎時一マイクロのここではない次の空に
爆発音は何度でも響く
白襟の奥の鉄釜からは
赤黒い舌が垂れ続けていて
新聞の文字を見るだけで被曝する

捨てられた土地では
誰も知らない嵐が渦巻いて
落雷が頻発する
一時帰宅を許された父は
無残に砕け散った鎮守の銀杏を見た

目印は日に日に消えてゆく
点描の奥の銀杏
一粒の光が消え
空から押し殺した笑い声が聞こえる
愚かな日の私が笑っているのだった

八日後
三十年後

二万四千年後の
懐かしい畑の土の上を
私と父はまだ歩いている

八日後
三十年後
二万四千年後の
懐かしい畑の土の上に
言葉らしい言葉はない

厚みを増す木の葉が風に鳴って
最初のニイニイゼミが鳴く
還暦を過ぎた父の耳に蟬の声は聞こえない
だが私にはわかる
言葉のない土の上には　誤解もなかった

ゴム長靴の裏から一塊の土が飛ぶ
夏に茂る銀杏の木漏れ日の間を
点滅しながら飛んでいって
回転した記憶のあちら側に
落ちて砕ける

祈る人

朝靄の奥に青年は横たわる
フリージアを踏んで白い馬は行く
幼子は白鳥に手を伸ばし入水する
心動かすものに触れられず
知らぬ間に墓廟の前に立っている

青年の眼は深い緑を映し続ける
青年は純粋であり続けるために死んでいる

青年の体は朽ちない
傍らに梯子が立っている

光の溜まりが蛇の口をあけて梯子を飲んでいく
青空の底に雷光の走る準備が整う
現世は走り抜けたあとの余韻を
祈りの中で味わうに過ぎない

祭祀の場にたどり着く幼子
そっと白鳥の羽に頬を寄せている
石の柱が彼の行く道へ向かって静かに建造される
幼子は小さな口に
夜に抗う笑みを含んで眠る

誰もここへは

来ることができない
雲が地表に沈んでいくさまに合わせて
私たちは頭を垂れる
腸には木の楔　腫れた眼で
私たちは黙し　藍を刈る

腐葉土を巻き上げ
白馬が駆ける
わずかな獣の匂いも
青年は嗅がない
深緑を眼に映しながら何千の花に殉じている
深緑を眼に映しながら何万の花に殉じている

死にながら無数の花を生きている
彼は祈らない

幼子の手を取り柱を白くする
しきたりに擬え
現世の私たちの血を贄として
自らを美しいものにしてゆく

私たちは祈る
腐葉土の上にひざまずき
深く頭を垂れ続ける
伸ばす手は幾度となく打たれ
厚みを増すその皮を
ときに隠しながら
私たちは祈る

藍染の衣
杜松の実を爪で刻む私たち

かすかな音を立て通り過ぎる
死んだ青年の笑み
それらは決して交わることなく
私たちの衣の色を深くする

誰もそこへは
行くことができない
白馬が往来する
誰もそこへは
行ってはならない
祈れ　ここで

食傷

詩を書きたければ
逃げろ
詩は
逃げ足の速さだけが取り柄
海辺の家々を破壊して押し寄せる波よりも速く
おまえは辺境の銀河で鳴る口笛の中に飛ばなければならない

おまえは一人

見知らぬ町の雨水が伝うガードを潜って
女や二月の青空を思い出したりしているが
取り残されているのは
むしろおまえなのだから
おまえが居るとふるさとは凍えてしまうのだから

スイミングスクールの
時計の針を無造作に回して
初々しい子らの息継ぎの中に
麦藁の家を建てるほうがいい
黙り込む汚泥の海を
その足で超えてきたのなら

おまえこそが最低の人間であれ
傷ついた屋根を葺きなおす古い寺院の瓦

放射能混じりの小雨を避け
水道水を飲むひとときに
バカラクリスタルの分厚い底に眠っている
狡猾で逞しい獣のようなもの

詩を書きたければ
逃げるな
詩は
誇りの中にしか見出せぬ光
ひとつになろうとする世界の正面を切って
新鮮な林檎の香る小便をおまえはぶちまけろ

ほんとの花

君にほんとの空があったように
僕にだって空はあったのだけれど
それが本当か嘘かなんて
君と出会わなければ考えもしなかった

君が切り抜いた花の形は
ゆるぎない輪郭と色彩で
年中吹雪が吹き荒れている
僕だけの居場所をくれた

君は僕を許さなかった
それが僕を最も許した
世界中が君を狂人扱いしても
ほんとの空は確かにあった

野は烈しいまでにあどけない
この断絶は伝えようも無い
花のかたちをひるがえして
君はほんとの空へ帰る

ゆるぎない花のかたちに
僕は無言の夷狄となり
草の葉に指を切りつけては
せめてもの手向けを探す

愛の声

恐るべき荒涼に
この足で立って
やはり
あなたの声を聴く

そして晴れ間を過る小鳥の声を
多くを失った午後に
途切れながら響いていた音符と休符
それは今も知らぬ顔で明るい

私を愛していたのは
あなただったでしょうか
はじめから愛されていないのだとしたら
今、そばにいてもいいでしょうか

憧憬を嘲ってあなたは光る
風を受けて今日も輝く
その微笑がどうしても憎いはずなのに
私は今日もあなたの前で足を止める

あなた無しでは生きていけない運命を
傷ついた掌に包んで
私は礼儀も無く
あなたを見つめ返す

あなたを見つめ返す
このまなざしは
いまもすべてを生かしまた殺そうとする
あなたと同じように

生きることそして
死に行くことにも
決して馴れ合えずに
あなたを見つめかえす

沈黙の無意味
私はあなたの存在を
意味のあるものにしてきた
あなたはそれが気に入らなかったのだろうか

哀れみは常にあなたの中にあるのだから
どうか哀れんでくれとも言えはしない
私はいつもあなたの哀れみを受けていた気がするが
その返礼もあなたは受け取らなかった

私の母が死にかけたとき
あなたは冷たくも優しい肌を重ねて
私たちの道行きを色のない彩で彩った
また

老いた私が死にかけて
あなたの懐へ入っていこうとしたとき
たくましい男たちを水飛沫の中に迎えて
あなたは遠くで歌っていた

あなたは今も知らん顔をして
無意味を重ねる
まぶしく点滅する横顔から
零れ落ちている命

人々がそっぽ向いて歩き出すときも
私とあなたは
見詰め合うしかない
ときに眉をひそめ

そうしてまたあなたの歌声を聞く
歌声ともつかぬ歌声を
それが愛なのかもわからぬまま
ただ愛なのだと信じて

遡上

その死を縊死と呼ぶな
吊るされてある目の中を
藁に沿って泳ぐ鮭
塩と乾きに骨を晒して
市は沸き立つ

ぶつ切りの幸せ
甘粕に身悶えて

焦げている正午
川は降り注ぎ
捕食者の背を濡らす

川を分割する鮭
暗緑色の背びれを畳み
さらに分かれて
胚の道を鮭は行く
桑実の弾みを浮き袋に隠したまま

やがて人も鮭も黒い森になる
水に憧れその水位に溺れて
ある者は立ちすくみ
ある者は吊るされて
静かに嚙み合うだろう

人に降り注ぐ川は
鮭の地上から突起する森
紡錘状の糸に引かれて
浮かび上がる陸地の底に
ひとつの鮭

反り返る
縊死ではないその姿
鱗の中には未だ
落日が燃えて
遡る

谷の宴

雨音は誰の耳にも
慈しみの屋根をつくる
私たちはみないつか
その屋根の下で
親しい者の迎えを待ったことがある

朝
切り立った岩山の間に

濃密な雲が沸き立って
雨水が杉の幹を垂直に下る
杉は押し黙ってそのうちのわずかを空に還す

男たちがその下で
草刈をする
エンジンを声高に歌わせて
回転するチップソーの刃が
逞しい草の茎を砕いては土に還している

女たちの厨は
半ば雲の中
洗い上げた茶碗の乳色の中に
今日の暮らしを映して
明るく笑い合う

雨音は誰の耳にも
慈しみの屋根をつくる
私たちはみないつか
その屋根の外に
荒れ狂う無慈悲の歌を聴いたことがある

夜
切り立った岩山は
濃密な雲の衣を纏い宴に興じる
湿った腐葉土の降り積もる
重い喉を唸らせて

闇の中を落ちてくる雨
闇の中を流れ去る川

岩肌を濡らし
河鹿の目を濡らし
私がいる窓辺の柵を濡らす

茫漠とした谷の宴に現れる
無数の螢
歌い踊る岩山の夜の裾で
厳かに　しかし　囃し立てる
それは私の命の中の茫漠

境目が分からなくなる
私と私の眼前にある
巨大な谷の
真っ暗闇の宴
私は窓辺の柵を強く握る

私の中の宴は
私の中で打ち上がろうとする
たおやかな忌
それを拒んで
私は私の手がかりにすがる

雨は今
まさに強く私を谷から遠ざける
水煙が部屋の灯りを映し
宴の幕を白く閉ざしてゆく
螢火も消え　残される　雨

その音は誰の耳にも
慈しみの屋根をつくる

私たちはみないつか
慈しみの屋根を出て歩き出す
親しい者の迎えを　待たぬままに

遠いあなたに

生きることは遠い
全てから遠い

生きることを問いかける者から遠い
生きることを語る者から遠い
生きることを書き綴る者から遠い
生きることを歌う者から遠い
生きることを描く者から遠い

生きることを演じる者から遠い

生きることは健康から遠い
　病むことから遠い
生きることは富から遠い
　貧しさから遠い
生きることは旅から遠い
　足枷から遠い
生きることは尊敬から遠い
　軽蔑から遠い
生きることは幸福から遠い
　不幸から遠い

生きることは
祈りさえも静かに暴き

生きることを問いかけない者から遠く
生きることを語らない者から遠く
生きることを書き綴らない者から遠く
生きることを歌わない者から遠く
生きることを描かない者から遠く
生きることを演じないものから遠い

生きることは
あなたを生かそうとするものから最も遠い

生きることはあなた
全てから遠く
生きているあなた

ピクニック

悲しみなさい
あなた
涙を流しなさい
あなたの家族や友人が死ぬときのために

目を閉じなさい
あなた
そして祈りなさい

あなたに順番が巡ってこないように

つながらない
沢山の言葉が生まれようとしたけれど
私たちの誰もが今
復讐に遭っているから

それは青い麦の怒り
かつて　踏みつけられて強くなると人の唇に歌われた
それは円い空の悲しみ
かつて　水のような色であなたの魂に続いていた

埴生の歌の最果て
そこからやって来た一筋の波に
帰途すらも　抉られたのだから

粗末な家など　ひとたまりも無い
一分間のサイレンが鳴り止めば再び
彷徨がはじまる
放射線量と預金残高で区切られた気楽な地上
記憶と座標だけが頼りの、長いピクニック

セイレーン

僕らはテーブルを囲んで
コーヒーを手に　話し合いを始める
サイレンの音について
不器用な言葉を持ち寄って

コーヒーならいつも　あのサイレンを聴いた
円い空の真ん中で味わっていたものさ
今だってそうしたいが　家路にはバリケード
車を止めれば　パトカーが来る

げに忌々しきは　缶コーヒーより身近になった
数々の毒　我らの愚
玩具の線量計が安く買えたところで
面白くも何ともない

カリカリと無情のカウントを弾いて
液晶の窓に数字が瞬けば　あとは
想像力　想像力任せなら　涙も出ない
コーヒーが美味くなってきたぞ

さあどうやって　あの音色を再現しようか
気味の悪い警告の音色だと僕が言うと
ミラノ生まれのレオナルドが言った
僕には　鎮魂の音色に聴こえたと

サイレンの語源は
歌で船乗りを死に誘うオデッユセイアの怪物
セイレーンから
レオの母国語ならば　シレーネといったはず

英雄は船に自らを縛り付け　船員に耳栓をして
その歌　だけ　を楽しんだという
シレーネは恥辱のあまり岩石になって
永遠に　歌声を次の犠牲者の耳に響かせるのだが

策略巧みなオデュッセウスは遁走し
船員はみな　耳栓がお気に入りのようだから
災禍から一年　僕は
サイレンの音色を岩石に　置き換えるだけなのさ

はっさく

家庭訪問の季節なので玄関には教師の列ができている。
父は偉大な人間だったので一生涯を挨拶のためだけに費やさねばならず
今もどこかでそうしている

僕が玄関を閉ざしているので教師たちは入ってこられない
あんまり長い列なので後ろのほうはもう夜になっているが
ここはまだ昼下がりの光が擦りガラスを抜けてきていいあんばいの明るさだ

教師たちを締め出してまで僕が今ここでしたいことといえば
何せ八朔を食うのである　そろそろ出番の終わる炬燵に足を突っ込んで
硬い皮に指を突き立てる

そうだ何を隠そう僕も八朔である
頭の中には甘酸っぱいさくさくしたさのうが詰まっている
剝いた皮はとりあえず積み上げておくのだがこれは僕の成長の証だ

春の居間は八朔のいい香りでいっぱいである
僕の手指はまさに植物性油脂でべたべたになっているが
これほど一所懸命な自分というものが実に尊い

その姿を父に見せてやりたいのだが無論簡単に帰ってはこない
亡くなった母に見せるのもいいが彼女はとても厳しいから
きっと箒で尻を叩かれるかもしれないそうに決まっている

教師の列は土星の輪をふた回りほどしていい加減居眠りしている者も
まだ父は帰らないというかそんなのはあたりまえのことだし
暇つぶしに八朔の皮を積み上げて土星まで行ってみようと思い立つ

まず四個
いくら八朔が好きだと言ってもそんなには食えないし
土星ははるか遠いが別に無理して行かなくてもよいのでとりあえず四個

星の家族

夕まぐれ
暗い境内をそぞろ歩けば
鼻腔の奥に　生々しく脂を湛える栢の木あり
水の無い手水舎の上　はためく白布
地衣類　母の姿など　現れ

低い谷間を海から山脈へ向かう
色彩が損なわれたので

母ら　顔色無く　立ち尽くし
禰宜にあらずして　神に仕えし我が祖父も
このごろ浮世が遠くなり

残り火を頬っぺたに燃やして
家族と夕餉を囲みつつ
木戸を開けては挨拶する
どちらさんか知りませんが　いらっしゃい　こんばんは
こんばんは　あなたの孫です　お忘れですか

池には　大鮑が一匹
長い息を吐き　沈黙を食む　鏡の口
つむじの一本の松に吹く　高天原の風は
多分、人の肌にはそれと感じられぬ程
緩やかに　緩やかに吹いているに違いない

我らの病　おそるべき不治の毒が消えるのも
おまえには　欠伸をする間の出来事か　大鮑
苔むした殻の内側には　人の夢が虹色に結晶していて
その肉は永劫に柔らかいまま
背の祠に　星の家族は　暮らしている

籾を干す

腹這える犬を立たせて籾を干す　美鶴*

あなたが死んで
嵐の後に見上げる夜空に　犬が一匹
長く伸びて居眠りしている
孤独さえも生まれ死んでいく宇宙　とはいえ
誰かのいるところっていいもんだな　と　呑気な犬

恒星の表面もきらきら光って

ちょうどいいお天気
青田の波が恋しくなるから
ますます見上げるくらい大きくなったあなたも
種をまかずにはいられない

丁寧に良い籾を選んで
藍色の夜空に干し広げる
何千光年の彼方まで
青田の波がさざめくように
いとしい子たちがおなかを空かさないように

悲しみに翼の生えてくる夜も
飛ぼうとはしない
擦り切れた手ぬぐいと前掛けで
黙々と土を打つたびに

汗が跳ねて新しい星になり

一億の鈴がしゃらしゃらと鳴ると
もうどこにだってあなたが籾を干している
どこまでだって籾を干している
呑気な犬を　ほれほれ　立たせて
やがて風が吹くと　宇宙の果てまで青田波

*筆者の祖母、美鶴の遺句

マイグランドファーザー・ユアグランドファーザー

明けない夜がないのは
暮れない日がないから
まだ
繰り返し夕映えの中に飛ぶ
血しぶきの鳥
それ　を
見る眼が衰えるとき
わたしの街に

明けない夜は来る
暮れない日を引き連れて

主の去った庭の
土は次第に柔らかくなる
草の丈ばかりがどこまでも高くなり
そこにまぎれるように
老人は居る
薄陽が射す冬の日には独り
軒下で洗濯機をまわす
遠くへ引いていこうとする彼の中の潮
彼は古い墓標のように
立って抗う

だが

縺れる足
古い煉瓦の煙突や
それらの風景を僅かな謙遜もなく反射している
水道の蛇口に体を打ち付け
老人は地面に倒れ込む
腕の皮が破れ
赤い肉が露出し
歪んだ顔はそのまま
荒地に続いていった
明けない夜がないのは
暮れない日がないから
まだ
繰り返し昼の陽に晒されている傷口から聴こえている
人間の声
それ　を

聴く耳が衰えるとき
踞る庭に
明けない夜は来る
暮れない日を引き連れて

嗄れた声
老人は私を呼ぶ
他の誰でもないこの私
地上のあらゆる場所にいて
また永遠に
人間を呼び止めようとする声から
逃れることのできない人間を
まったくお前は
俺がいくら呼んだって
聴こえないんだものな

嗄れた声
確かに　それ　を
聴いた在る冬の日
私は
聴こえているのに聴こえない振りをした
彼は折れた体を起こし
縁側で薄陽を吸い込んでいる布団に倒れ込む
私の拙い手当を責めるでもなく
満足げに包帯を撫でる
涙さえ浮かべて

レンズのような氷が
庭の水瓶に現れた朝

老人は車に乗せられて家を出
夏が終わる頃には
美しいフレームの中に収まった
そうしてついに復讐は訪れない
私は暗い舞台から飛び降りようとして
踏み切る足を外し
火花を散らしながら
固い床に叩き付けられた

打ち捨てられた洗濯機の中で
悲しい表情の練習をすると
胸の奥に埋もれ木の林が生まれ
際限なく悲しくなる
石化する首筋を流れ来る水を滝壺に納め
洗濯機は回る

静かに古び
黄ばんだ肌に気付かない私を
優しく胎内に留まらせようとも
しているのだが

埃の積もった映写室と
老人の部屋には
乾いた蠅の糞が描き出した
古い宇宙の航行図が隠されているのだから
固い僅かな盛り上がりを
私は指先の目で読み取るしかない
草だらけの表土を振り払って
黒い土が断崖に向かって疾走し
分けられた私に向かって
私の影が歩き出すとき

分けられた明日に
人間は駈け出すだろう
一条の軌道にいくつもの意味が
生まれては死に
目の前にただ
一人の友が立っていて
朝日のように立っていて
人間はそこへ行き　挨拶する
私の亡くなった祖父は　今とても元気です
と

デスモスチルスの八重歯

足の裏で歌うジャズ
二十八粒の細石がサハリンからサンフランシスコを目指して走り出し
すべて僥く　挫折する

新生代の波打ち際にはまだ
椰子の実も　ボタンも
ショットガンの弾丸も落ちていない
いい気味だ　詩人がいない地球は詩であふれている

俺の足跡も瞬きする間に波が消し去ってくれるから
俺は何の証明もしないし　求めもしない

足の裏で歌うジャズ
千葉県とベルリンとニューオーリンズから三羽の始祖鳥が飛び立って
どれも三日後　星になる

夜　砕ける波を何度も背中に受けながら
それでも夜露がそっと背中に降りる感触を
俺は確かめた
名前がなかった頃は
背中で星の瞬きだって感じることができた
太陽に焼かれた背中で囁き合った

らりら　ぱりぴ　へらは　のはりそ

青い山の一点から吹きだすように風が来た
あの子の肌は俺と同じ色でとても美しかった
俺はその隣で小石を踏み鳴らすのが好きだったんだ
黒い石と白い石がぶつかり合っていつも悲しい音が出た

　　なはも　げら　わか　きるり　ねるる

あの子は歌った　奥歯に根ざした苦渋の歌
吊るされた果実の歌

　　ららら　ぱりぴ　へらは　のはりそ
　　なはも　げら　わか　きるり　ねるる

どこかの浜辺からやってきたやつらがあの子に

妖しい味の食べものを覚えさせた
あの子の声は少しずつ　小さくなっていった

らりら　ぱりぴ　へらは
きるり　ねるる　ねるる

あの子は死んだ
俺はなにもかも　忘れたふりをした

足の裏で歌うジャズ
何もわかっちゃいない　何にも似てない　俺をわかっちゃいない
何もかも謎　謎　謎

解き明かす必要がないので謎は謎のまま　成立しない
重要な問題を放り出してわかめのサラダを食べに行こう

残酷ってなんのこと?
奥歯が滑って面白くもないに笑っちまう
太陽をべろの先に乗っけておどける俺たち
どこまでも広がれ　俺の鼻の穴

足の裏で歌うジャズ
裸子植物のバウンス　雲を見る　波を見る　やたらに弾む
弾んでいる間　空に憧れない　俺は弾みっぱなし

ソテツの種が地平から飛ぶ
海岸では二枚貝がモッシュしている
四本足で立っていても　よろめくほどの興奮
俺の足の裏から数え切れない細石が
サンフランシスコとサハリンと九十九里の浜辺に向かって
走り出しては挫折する

　ららら　ぱりぴ　へらは　のはりそ
　なはも　げら　わか　きるり　ねるる

俺は吹き降ろす風に向かって立っていた
体中が乾いてぴりぴりと鳴ったが俺は立っていた

　ららら　ぱりぴ　へらは　のはりそ

俺は真っ青な空の下でお前に出会った
口笛がうまいお前に俺は舌を巻いた

　なはも　げら　わか　きるり　ねるる

何も告げる必要はなかったさ　俺は小石を踏み鳴らし

おまえは口笛を吹いたから　俺たちは話ができた

　らりら　ぱりぴ　へらは　のはりそ
　なはも　げら　わか　きるり　ねるる

忘れられるはずもない　あの子のことを
奥歯に根ざした　かなしみとよろこびを

　らりら　ぱりぴ　へらは　のはりそ

このやっかいな八重歯を　噛み締め　鳴らして
大きな河が足元に流れているのを俺は感じる

　なはも　げら　わか　きるり　ねるる

俺は河そのものになり始めた
そして大きく　最後の息を吸った

鼻の穴で歌うジャズ
鼻の穴広げて　咆えてみた　名前のない浜辺と　空と　銀河と
ちょっと噴火してすぐ飽きる火山　適当だ

上唇とんがらかして　思い切り何かに体当たりしてみたい
たまには　無茶なスピードでストラトキャスターかき鳴らし
たまには　前足で金ぴかの　ライドシンバル蹴り上げたい
へんな指してるだろ　哺乳類なのに
俺ならできる　きっとできる
だって俺は　哺乳類だから

背中で歌うジャズ

俺の背中に　口はついてない　口は顔についてる
背中じゃ何にも語らないぜ　歌うだけ　へそも　ひざも　黙ってな

平らなところに住んでいるから
俺たちの生活には　ヤマがない
あてにしないから　外れない
それがいいとか悪いとか　考えない
鼻の穴広げて　咆えるだけ
波打ち際で踏ん張って　こんがらがるだけ

足の裏で歌うジャズ
氷河期と隕石と宇宙人と盆と正月が　一度にやってきた
生きるか死ぬか　ギリギリのところで　サキソフォンが高鳴る

ベイベー　俺たちは

平らなところにすんでいるから
たまには　スノッブな　ふりをしてみたい
波打ち際に踏ん張って　こんがらがるだけ
鼻の穴広げて咆えるだけ　咆えてるだけ
咆えて　こんがらがって　また咆える　そんだけ

青嵐の家

誰の所在も不明だ
地上には家々が乱立しているが
中には人間がいない
人間の家には幾重の鍵

日曜日の表参道を通って
明治通りまで来たら
デモ隊が警察官に守られながら

新宿方面に流れてゆく

信号が青になると
デモ隊と直角に交わる歩行者の一群に紛れ
私は泥と夕映えが鬩ぎあう
景色の中に歩き出す

衛星軌道の下で
真昼の光を跳ね返している
私の家
生い立った家

シュプレヒコールの中をすりぬけて
私は帰る
家に帰るには

わずかな唸りを聴く

牛たちが静かに
塩をなめる音
柚子を捥ぐ
生の枝がちぎれる音

子供の頃
死んでしまったいくつもの蚕を
父母と川に流した
その光りが言葉だった

見下ろすものの目を貫いて立ち上がる
光りのなかの

人間の家で
人間の食卓を調え

人間を招く
生きる者のために
死者も今日招くなら
新しい酒を開ける

さえずりの暗がりに
尾を引いて
消えてゆく病の火花
だが　返礼を捧げに

談笑を終えたら
この床を蹴ってさっさと出て行け

睥睨するのは私
衛星の頭上　轟々と

青嵐が走る
再びの空
そこが私の所在
新しい床を　高らかに蹴って

Photo by Leo pellegatta

Picnic　ぴくにっく

著者　寶玉《ほうぎょく》義彦《よしひこ》

発行者　小田久郎

発行所　株式会社 思潮社

〒一六二—〇八四二　東京都新宿区市谷砂土原町三—十五

電話〇三（三二六七）八一五三（営業）・八一四一（編集）

FAX〇三（三二六七）八一四二

印刷　三報社印刷株式会社

製本　小高製本工業株式会社

発行日　二〇一五年七月三十一日